SCÉNARIO ET NARRATION EN IMAGES:
**CHRISTIAN QUESNEL**

PRÉFACE:
**JIM CORCORAN**

Libre Expression

**DU MÊME AUTEUR,
POUR UN LECTORAT ADULTE**

*Advocatus Diaboli : Le linceul de Turin*, Moelle graphik, 2023.

*La Cité oblique*, avec Ariane Gélinas, Alto, 2022.

*Mégantic : Un train dans la nuit*, avec Anne-Marie Saint-Cerny, Écosociété, 2021.

*Vous avez détruit la beauté du monde : Le suicide scénarisé au Québec depuis 1763*, avec André Cellard, Patrice Corriveau et Isabelle Perreault, Moelle graphik, 2020.

*Félix Leclerc : L'alouette en liberté*, Éditions de l'Homme, 2019.

*Vengeance primitive/Une nuit ensorcelée*, avec Julien Poitras, Moelle graphik, 2018.

*Ludwig*, Art Global/Neige galerie, 2013.

À la mémoire d'André Fortin
(1962-2000)

« Deux décennies après que mon frère nous
a quittés, on dirait que l'homme a tendance
à disparaître derrière l'icône. »

Hélène Fortin

Données de catalogage de Bibliothèque et Archives nationales du Québec et Bibliothèque et Archives Canada

Titre : Dédé / Christian Quesnel ; préface, Jim Corcoran.
Noms : Quesnel, Christian, 1971- auteur, illustrateur. | Corcoran, Jim, 1949- préfacier.
Identifiants : Canadiana 20230067417 | ISBN 9782764816448
Vedettes-matière : RVM: Fortin, Dédé, 1962-2000—Bandes dessinées. | RVm: Colocs (Groupe musical)—Bandes dessinées. | RVM : Chanteurs—Québec (Province)—Biographies—Bandes dessinées. | RVM : Compositeurs—Québec (Province)—Biographies—Bandes dessinées. | RVMGF : Biographies. | RVMGF : Bandes dessinées documentaires.
Classification : LCC ML420.F742 Q47 2023 | CDD 782.42164092—dc23

Édition : Miléna Stojanac
Coordination éditoriale, révision et correction : Justine Paré
Couverture et mise en pages : Christian Quesnel, avec la collaboration d'Axel Pérez de León
Illustrations en pages 22, 23, 27, 32 et 71 : Eric Henry
Illustration en bas de la page 74 : Sélanie Jacques-Simard
Autres illustrations en filigrane : André Fortin

*Cet ouvrage met en scène la vie et le parcours d'artiste d'André « Dédé » Fortin à partir des écrits laissés par celui-ci, dont certains sont reproduits tels quels, et des précieux témoignages de membres de sa famille et de ses amis et amies. Il demeure une œuvre de fiction.*

**Cet album de bande dessinée est une idée originale de Lise Raymond.**

**Remerciements**
Nous remercions le Conseil des arts du Canada et la Société de développement des entreprises culturelles du Québec (SODEC) du soutien accordé à notre programme de publication.
Nous remercions le gouvernement du Canada de son soutien financier pour nos activités de traduction dans le cadre du Programme national de traduction pour l'édition du livre.
Gouvernement du Québec – Programme de crédit d'impôt pour l'édition de livres – gestion SODEC.

Christian Quesnel remercie le Conseil des arts et des lettres du Québec pour son appui financier.

Tous droits de traduction et d'adaptation réservés ; toute reproduction d'un extrait quelconque de ce livre par quelque procédé que ce soit, et notamment par photocopie ou microfilm, est strictement interdite sans l'autorisation écrite de l'éditeur.

© Les Éditions Libre Expression, 2023

Les Éditions Libre Expression
Groupe Librex inc.
Une société de Québecor Média
4545, rue Frontenac, 3e étage
Montréal (Québec)  H2H 2R7
Tél. : 514 523-1182
Sans frais : 1 800 361-4806
editions-libreexpression.com

Dépôt légal – Bibliothèque et Archives nationales du Québec et Bibliothèque et Archives Canada, 2023

ISBN (version papier) : 978-2-7648-1644-8
ISBN (version numérique) : 978-2-7648-1645-5

**Distribution au Canada**
Messageries ADP inc.
2315, rue de la Province
Longueuil (Québec)  J4G 1G4
Tél. : 450 640-1234
Sans frais : 1 800 771-3022
www.messageries-adp.com

**Diffusion hors Canada**
Interforum
Immeuble Paryseine
3, allée de la Seine
F-94854 Ivry-sur-Seine Cedex
Tél. : 33 (0)1 49 59 10 10
www.interforum.fr

Dédé,

On parle encore de toi.

T'as été célèbre
mais surtout
t'as été aimé.

Aimé.

Pas parce qu'on te connaissait
mais parce qu'on voulait te connaître.

> EST-CE QUE LES AUTRES HUMAINS
> REGARDENT LE MÊME CIEL QUE MOI?

Non.

On a dit non au ciel que tu regardais

et ça t'a fait si mal.

> JE PARLE À QUI LE VEUT
> DE MON PAYS FICTIF
> LE CŒUR PLEIN DE VERTIGE
> ET RONGÉ DE PEUR…

T'as lutté avec bien des démons
bien des monstres
et ce sont eux
qui ont gagné la bataille.

… pourquoi y'ont fait simple de même…?

Je m'en veux de t'en vouloir.

Ta musique
tes chansons

me font encore du bien

mais ton legs
c'est bien plus que ça.

Ta fraction de seconde résonne encore

et va résonner pour encore longtemps.

Pour la TÉRANGA

JEREJEF

*Jim Corcoran*

JIM CORCORAN

l'idée de vous contourner et de réussir à faire ce que vous semblez incapable de réaliser au gouvernement.

Le Québec n'est plus ce qu'il était, les politiciens qui le gouvernent n'ont plus le courage d'adapter les lois en vue d'une plus grande justice sociale, ils se les laissent dicter par la poignée de ploutocrates qui ont réussi à convaincre tout l'monde que le salut passe par la compétition.

Je suis tellement déçu de voir qu'on puisse hésiter entre le plan de réforme de pierre fortin et celui de Camil Bouchard.

J'imagine une femme, mère de deux enfants, à qui on retire le chèque de B.S. parce qu'elle dit ne pas pouvoir s'inscrire à un programme, parce qu'elle n'a pas le temps de travailler et d'élever ses deux enfants. Elle n'a alors d'autre choix que de retourner vivre avec son mari violent.

J'ai l'impression que bientôt on racontera une histoire semblable et que personne n'en sera touché.

Et Lucien Bouchard qui veut échapper au vent conservateur qui souffle d'ouest en est...

Ne croyez pas que je tienne les politiciens responsables de tout ce qui ne va pas. J'ai plutôt un sentiment de compassion envers eux; je devine toute la difficulté de composer avec les dictateurs de la finance.

Bien à vous

André Fortin
Les Colocs

L'auteur tient à remercier Bado, Marilyn Bastien, Paul Bordeleau,
Samir Boukherissa, Jimmy Bourgoing, Jonas Brass, Mike Brossard,
Michelle Cazes, Jim Corcoran, André-Philippe Côté,
Cha Cha Da Vinci, Gaëtan Desjardins, Yves Destroismaisons,
Hélène Fortin, Réal Fortin, Sylvie Fortin, Catherine Gauthier,
Guillemette Gautier, Jean Girard-Arsenault, Frédérique Grenouillat,
Eric Henry, Sélanie Jacques-Simard, Eric Jean, Alexis Jorquera,
Caroline Lafrance, Sophie Lajoie, Marie-Diane Lee, Patrick Leimgruber,
Alan Lord, Gaëtanne Lupien, Mario Malouin, Ron McGregor,
Marike Paradis, Justine Paré, Nicolas Pellet, Axel Pérez de León,
Isabelle Perreault, Julien Poitras, Romane et Nausicaa Quesnel,
Lise Raymond, Normand Renaud-Joly, Sébastien Richard,
Norman Rickert, Jean-Philippe Rocheleau, Julien Rodrigue, Félix Rose,
Dominique Saint-Pierre, Mike Sawatsky, Siris, Pierre Skilling
(pour la première révision), Francesca Sodano, Miléna Stojanac,
Jean-Bernard Trudeau et André « Dédé » Vander.

Restez à l'affût des titres à paraître chez
Libre Expression en suivant Groupe Librex :
facebook.com/groupelibrex

editions-libreexpression.com

Cet ouvrage a été achevé d'imprimer en octobre 2023
sur les presses de Transcontinental, Beauceville, Canada.

« LA NOUVELLE S'EST TRANSMISE COMME UNE TRAÎNÉE DE POUDRE SUR LE PLATEAU-MONT-ROYAL, OÙ IL HABITAIT DEPUIS UN AN. »

« C'EST INCOMPRÉHENSIBLE, NOUS DIT SON VOISIN JIM CORCORAN. »

C'EST PAS FACILE POUR QUELQU'UN DE FAIRE PARTIE D'UN GROUPE, MALGRÉ LA GLOIRE...

CONNAISSANT DÉDÉ, C'ÉTAIT QUELQU'UN DE JOYEUX...

CE QUI S'EST PASSÉ, JE L'SAIS PAS.

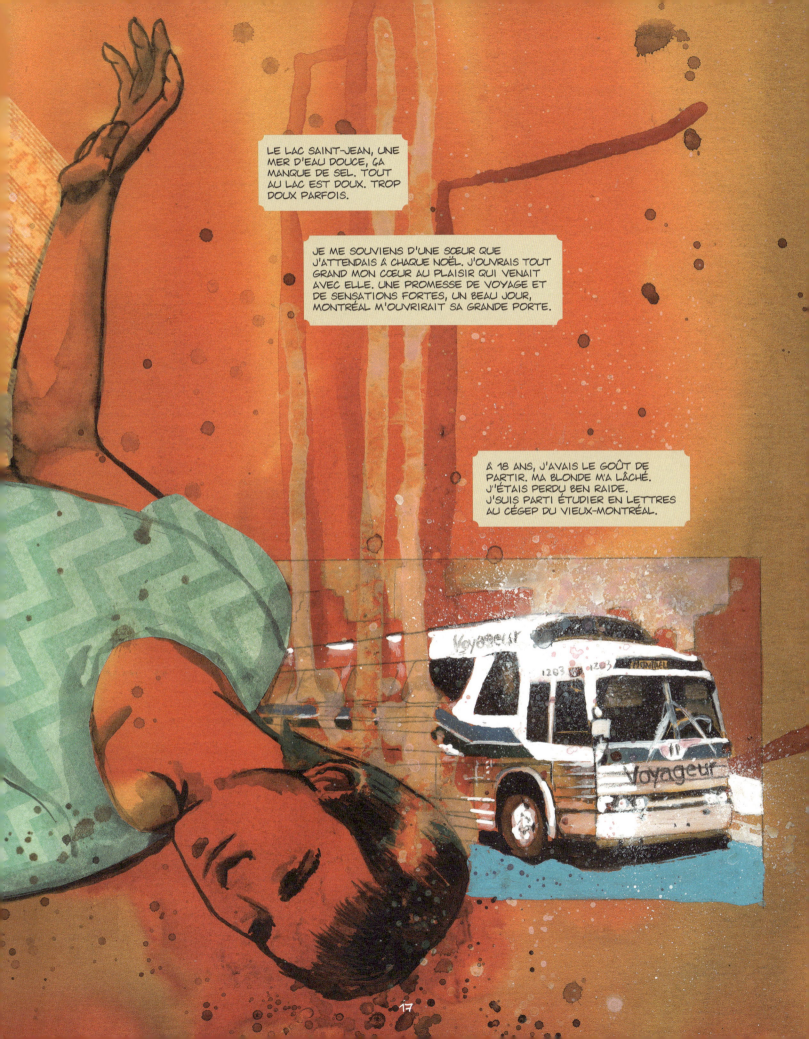

# PRÉSENTENT

# COLORBAR
## 30 VIDÉO-CLIPS DE MONTRÉAL

**L'équipe Perfo 30:**

Martin-Eric Ouellette
Initiateur du projet, directeur de production, réalisateur et monteur

Martin St-Pierre
Initiateur du projet, directeur technique, cadreur et assistant-monteur

André Fortin
Initiateur du projet, réalisateur, scénariste et monteur

Claude Grégoire
Réalisateur, scénariste, monteur et aide à la direction de production

Carole Couture
Assistante à la réalisation et assistante à la direction de production

Jean-Marc Vallée
Réalisateur, scénariste et monteur

François-Eric de Repentigny
Chef décorateur et photographe de plateau

Bernard Dion
Directeur de la photographie et chef électricien

Eric Henry
Cadreur, éclairagiste et assistant à la scénarisation

Dominique Parizeau
Décoratrice et accessoiriste

Lynn Garneau
Assistante à la réalisation

Richard Garneau
1er Assistant à la production

Marc Sauvé
2ième Assistant à la production

Geneviève Parent
Maquilleuse

AU
SPECTRUM DE MONTRÉAL
SAMEDI LE 9 NOVEMBRE

ERIC HENRY

« 1985, C'ÉTAIT UNE PÉRIODE DE TRANSITION AU QUÉBEC, AVANT L'ARRIVÉE DE MUSIQUE PLUS. »

« ON VOULAIT FAIRE NOTRE MARQUE CHEZ LES PROS DE LA TÉLÉ ET DU CINÉMA. »

« ON S'EST BRÛLÉS AU TRAVAIL. TOUT DEVAIT DÉBLOQUER POUR NOUS À L'ÉVÉNEMENT COLORBAR AU SPECTRUM. »

« ON A ÉTÉ DÉÇUS. LES MONONCS DU CINÉMA TROUVAIENT QUE NOS CLIPS ÉTAIENT CHEAPS ET MAL TOURNÉS. »

« ÇA A ÉTÉ UN CLASH DE GÉNÉRATIONS. UN ÉCHEC TOTAL. »

« ANDRÉ Y AVAIT MIS TOUT SON TEMPS. ISABELLE, SA BLONDE DE L'ÉPOQUE, QUI NE LE VOYAIT PLUS, L'A QUITTÉ AU MÊME MOMENT. »

« ANDRÉ A CRASHÉ... »

« COMPLÈTEMENT! »

« CH'TAIS FATIGUÉ... TROP FATIGUÉ... »

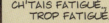

JE SAIS SIMPLEMENT QUE J'ÉTAIS ASSIS AU DOUX PARADIS ET QU'UN ANGE SUR DEUX ROUES A FRAPPÉ DANS LA VITRE. ET QUE JE ME SUIS DIT QU'ELLE N'ÉTAIT PAS OBLIGÉE DE LE FAIRE. ALORS JE SUIS SORTI ET JE L'AI INVITÉE.

MAIS JE T'AI PARLÉ AU DÉBUT BEAUCOUP PLUS DE MOI QUE TU N'AS PARLÉ DE TOI. CE N'EST PAS JUSTE.

T'AS TOUTE SU CE QUE JE N'AIMAIS PAS. C'ÉTAIT TRÈS FACILE DE SAVOIR CE QUE J'AIMAIS.

CE QUI S'EST PASSÉ PAR LA SUITE DANS LES DRAPS, TU LE DOIS NON PAS À TON JOLI PETIT CUL MAIS PLUTÔT À TON CHANT QUI EST SI DOUX À MES OREILLES, ET À TON VISAGE TROP GRAND, ET TROP PETIT, BRUT ET RAFFINÉ, NOYÉ PAR LES CHEVEUX.

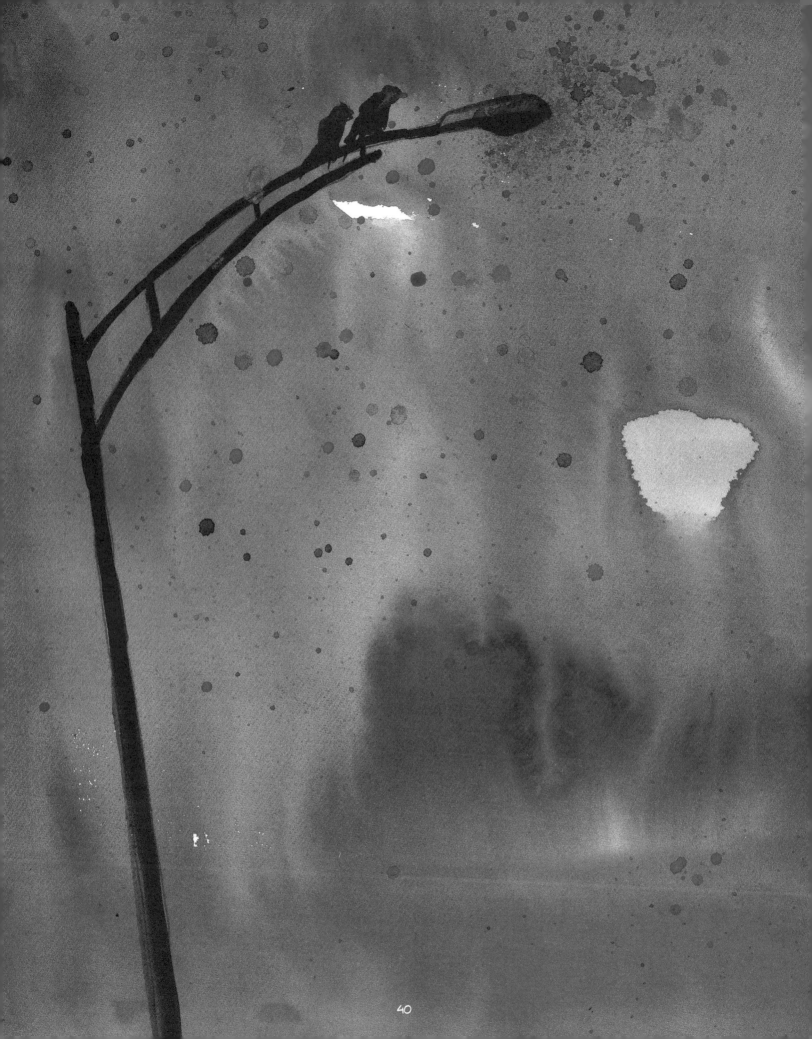

~~Ce que je me demande maintenant~~
~~c'est les~~

Ce que je me demande souvent
c'est s~~i c'~~est possible ~~à~~
d'être deux et réinventé
un peu...

DERNIÈRE APPARITION PUBLIQUE DE PAT ESPOSITO, GALA DE L'ADISQ, 16 OCTOBRE 1994.

« J'ESPÈRE QU'ON S'EN VA VERS UN MONDE OÙ Y AURA PLUS D'AMOUR, PLUS DE TOLÉRANCE, PLUS DE LIBERTÉ POUR TOUT LE MONDE. »

« L'AMOUR QU'ON OUBLIE PAS, C'EST CELUI QUI FAIT MAL OU CELUI QUI FAIT UN BIEN EXTRÊME MAIS QUI RISQUE DE FAIRE MAL. »

« PAT AVAIT LE SIDA. IL ALLAIT EN MOURIR. »

RAYMOND PAQUIN
AGENT DES COLOCS

« C'EST LÀ... QUE JE... »

« J'AI APPRIS QUE PAT ÉTAIT DANS SON LIT ET N'AVAIT PLUS LA FORCE DE SE LEVER. »

30 OCTOBRE 1995, DÉFAITE DU OUI AU RÉFÉRENDUM SUR L'INDÉPENDANCE DU QUÉBEC. LES COLOCS LANCENT LEUR 2ᵉ ALBUM, ATROCETOMIQUE.

LES PLUS JEUNES, ON A LA CHANCE DE POUVOIR CONTINUER, DE POUVOIR REPRENDRE LE TRAVAIL LÀ OÙ ÇA A ÉTÉ LAISSÉ EN PLAN. NE SERAIT-CE, À LA LIMITE, QUE POUR NE PAS COCHER, COMME TROP DE GENS LE FONT ENCORE, OUI OU NON SANS TROP SAVOIR POURQUOI.

QUAND ÇA A ÉTÉ OFFICIEL QUE LE NON GAGNAIT, IL S'EST MIS À PLEURER. PAS À CHAUDES LARMES. C'ÉTAIT PLUS PROFOND QUE ÇA.

IL A ÉTÉ HAGARD PENDANT UN BOUT DE TEMPS. IL NE PARLAIT PAS PANTOUTE !

LISE RAYMOND

JE RESTE TOUJOURS AVEC L'IMPRESSION QUE CE N'EST PAS UNE INVENTION, LE PEUPLE QUÉBÉCOIS. C'EST TRÈS TRÈS RÉEL.

Je suis seul, tellement seul
Je ne m'joeux plus me lever
Mon ventre me fais trop mual
Je ne peux plus man manger

SÉLANIE,

JE RÉPONDS MAL À TES QUESTIONS. PAR PEUR SANS DOUTE. PAR PEUR DE TOUT PERDRE. PAR PEUR DE TE BLESSER. PAR DÉSIR DE NOUS MÉNAGER. MAIS ÇA DEVIENT DE L'HYPOCRISIE ET L'HYPOCRISIE EST INSUPPORTABLE. QUAND MA PETITE SŒUR EST VENUE AU MONDE, J'AVAIS QUATRE ANS ET ELLE A PRIS TOUTE L'ATTENTION SUR ELLE, MOI JE N'ÉTAIS PLUS LE BÉBÉ ET JE N'AVAIS PLUS L'AMOUR DE TOUT L'MONDE. ÇA M'A MARQUÉ, JE CROIS. ASTHEURE, L'AMOUR ME FAIT PEUR. DANS L'FOND C'EST LA PEUR DE NE PLUS L'AVOIR.

MAIS SI TU ME QUITTAIS DANS PLUSIEURS ANNÉES POUR UNE RAISON OU UNE AUTRE, J'AURAIS MOINS DE PEINE QUE SI ON SE REVOYAIT PLUS PARCE QUE J'AI ÉTÉ CONFUS À CAUSE DE MON PROFIL PSYCHOLOGIQUE ET DE MES PROPRES FAIBLESSES. SI J'AI FAIT UNE CONNERIE, C'EST JUSTE D'AVOIR PAS SU COMMENT AIMER ET COMMENT M'AIMER AUSSI DANS UNE RELATION.

QUAND JE SUIS MONTÉ SUR SCÈNE AU SHOW DE FAKHASS SICO, JE T'AI APPELÉE. C'ÉTAIT POUR TE DIRE QUE JE T'AIMAIS. LA PREMIÈRE FOIS QUE JE T'AI EMBRASSÉE, J'AI RESSENTI QUELQUE CHOSE QUI M'A TROUBLÉ.

C'EST LES CIRCONSTANCES QUI ONT FAIT QUE JE NE POUVAIS Y CROIRE, PARCE QUE JE N'AVAIS PAS IMAGINÉ QUE ÇA SE PASSERAIT COMME ÇA!

ÇA M'ARRIVE POURTANT D'AVOIR CE DÉSIR D'AVOIR DES ENFANTS AVEC TOI, MAIS CE N'EST PAS ENCORE CLAIR. IL SERA PEUT-ÊTRE TROP TARD ; COMME ÇA L'A ÉTÉ SOUVENT DANS MA VIE. TROP TARD! C'EST LA RÉPONSE FATIDIQUE QUI ME TOMBE DESSUS ET QUE JE M'EXPLIQUE MAL.

TU AS LE DROIT DE ME JUGER, JE TE RESPECTE. J'AI ENCORE BESOIN DE TEMPS PEUT-ÊTRE. C'EST RÉEL. AVANT D'ÊTRE PARFAITEMENT ACCORDÉ, DE MARCHER D'UN PAS FERME ET DE DIRE JE T'AIME SANS RETENUE ET AVEC UNE VOIX PLEINE.

JE N'AI JAMAIS CESSÉ DE T'AIMER, J'AI JUSTE EU LA TÊTE ENFLÉE. C'EST, JE PENSE, LA PARTIE PERSONNAGE DE MON ÊTRE. CE N'EST PAS DE LA PENSÉE MAGIQUE MÊME SI ÇA VIENT TRÈS TÔT. TU TE DIS SÛREMENT QUE JE SUIS UN PEU DÉRANGÉ PAR LES TEMPS QUI COURENT. JE NE DORS PAS BEAUCOUP, C'EST VRAI, MAIS JE SUIS LUCIDE.

JE FAIS MON EXAMEN DE CONSCIENCE ET J'AI LUTTÉ CONTRE MOI-MÊME, JUSTEMENT POUR NE PAS TE QUITTER COMME UN CON, COMME J'AI FAIT TOUJOURS. J'AVAIS ENCORE DU TRAVAIL À FAIRE.

JE ME SUIS APAISÉ. ÇA VA MIEUX. JE T'AI DIT QUE J'ALLAIS ME DÉBARRASSER DES PENSÉES ET DU MONSTRE QUI EST ENTRÉ DANS MON ESPRIT ET QUI A OSÉ TE COMPARER À UNE AUTRE.

L'AUTRE, JE NE L'AIME PAS. JE NE VEUX PAS LA VOIR, ELLE EST COMPLÈTEMENT PARTIE. JE T'AI FAIT SOUFFRIR MAIS JE NE T'AI PAS MENTI… Y A JUSTE TOI, C'EST LA VÉRITÉ CLAIRE DANS MA TÊTE ET SENTIE DANS MON CŒUR. JE VEUX T'AIMER COMME UNE PERSONNE BIEN. PAS COMME UNE PERSONNE CONNUE. JE VAIS METTRE LE PYJAMA QUE TU M'AS FAIT ET LE PORTER À TOUS LES SOIRS EN PRIANT DE TOUTES MES FORCES QU'IL TE RESTE UN SOUPÇON D'AMOUR.

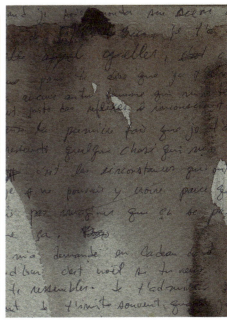

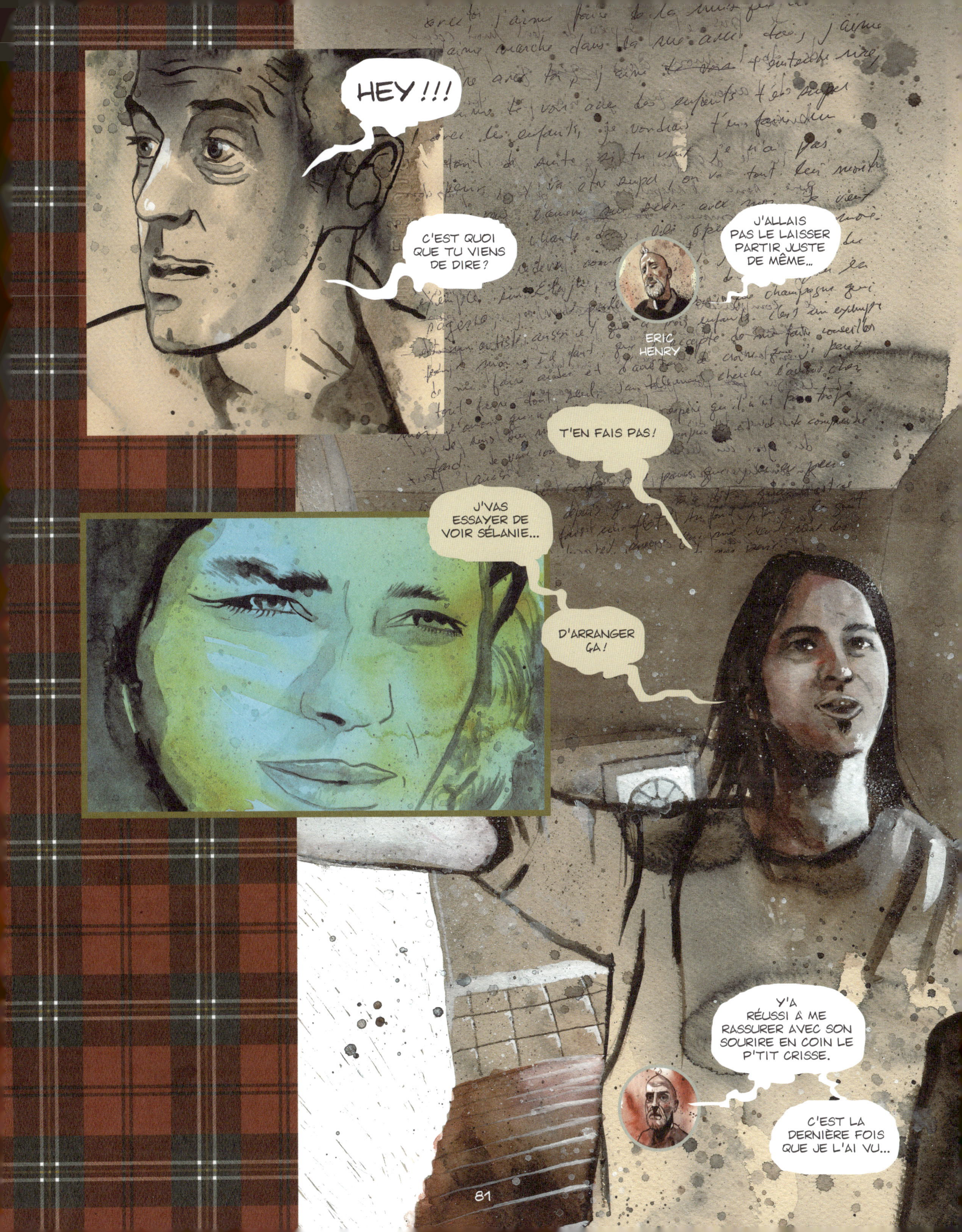

EST-CE QUE LES AUTRES HUMAINS REGARDENT LE MÊME CIEL QUE MOI ?

me faisait pani
pleurer, de crie
mais souffle coupait,
tomber en amour pour
monde mais je ne
en soit comme ça.

J'AI EU TELLEMENT PEUR QUE J'AI TÉLÉPHONÉ AUX HÔPITAUX, AUX AMIS.

ÉTONNAMMENT, QUAND JE L'AI RETROUVÉ, ANDRÉ ALLAIT PLUTÔT BIEN CE SOIR-LÀ.

ON A BEAUCOUP PARLÉ, FAIT UN PACTE DE NON-SUICIDE ET ON A PASSÉ LA NUIT ENSEMBLE.

MAIS ÇA N'AURA PAS SUFFI.

J'étais insatisfait avec la vie que je menais alors j'ai décidé de provoquer des choses et à ce moment je me suis laisser aller au plaisir et je suis tomber amoureux de Sélanie.

Après un bout de temps avec Sélanie je me suis rendu compte que je n'était pas heureux que je questionnait encore et que visiblement je gardais toujours une porte de sortie en passant qu'il y'a quelqu'une d'autre avec qui ça peut-être le bonheur et ça me rendait mal. Je repensais à l'autre fille Sophie. J'ai alors décidé de prendre un break, de réfléchir. J'ai appris que Sophie était en ceinte et j'ai penser à Sélanie en ayant peur de la perdre tout en étant chaviré et en essayant de me comprendre en ayant aussi de la culpabilité. Un soir où je pensais à Sélanie j'ai rencontré une autre fille et elle n'a pas quitté mes pensée et je me suis sentie terriblement mal en revoyant Sélanie. Je pensais que cette troisième femme quitterais mon esprit mais je suis resté avec l'idée que je passait à coté de quelque chose. Et là j'ai cessé de dormir. Je me vois comme un monstre, je me sent coincé, perdu et je me dis que je recommence toujours la même chose. Je me suis placé dans une impasse

parce que si je reste avec Sélanie j'ai peur de
ne pas pouvoir me débarasser de la pensée de l'autre
et si je vais vers l'autre j'aurais une peine
insurmontable par rapport à ma rupture d'avec
Sélanie.

Je me demande si cette troisième femme n'est
pas juste une porte de sorti parce que l'amour
me fait plus. Ou inconsciemment je ne
sabote tout. ~~Qu'ai-je fait~~ Je voudrais rester
ne plus partir et être heureux avec Sélanie.
Comment faire. C'est si court. Je ne veux
pas rester coincé dans cette impasse.

Est-ce que je peux oublier ce coup de foudre.
Est-ce possible de défaire ça.

Cet troisième fille est une de plus avec qui
je ne pourrais pas être heureux ~~vas~~ non plus.
~~Je~~ Ce n'est pas elle qui pourra me rendre heureux
plus qu'une autre. ~~Pourquoi je~~ Est-ce possible de
l'oublier ~~et de me~~ avec le temps et d'aimer Sélanie.
~~Car est-ce que qu'elle~~ va toujours rester là ~~comme~~
~~l'idée que j'suis allée contre.~~ Est-ce que je
peux me combattre, me raisonner. J'ai fait du
mal. Si Sélanie n'est plus là. l'autre fille
deviens banal, je ne pense qu'à Sélanie.

Peut être que cet autre fille ne présente que certain aspects. Est-ce possible de décidé de ne pas vouloir perdre se tanir dans une situation comme celle là.

Je pense que je pars toujours ailleurs parce que l'engagement fait peur et que je suis tanné de ça.

Je peux comprendre comment je fonctionne et être bien avec une décision.

# RAPPORT D'INVESTIGATION DU CORONER
### Loi sur la recherche des causes et des circonstances des décès

## IDENTITÉ

| | |
|---|---|
| SUITE À UN AVIS DU : | 2000 05 10 ART. |
| NUMÉRO DE L'AVIS | A 136701 |
| Prénom à la naissance | ANDRÉ |
| Nom à la naissance | FORTIN |
| Date de naissance | 62 11 17 |
| Sexe | X M |
| N° d'assurance-maladie | N/D |
| N° d'assurance sociale | 257-540-765 |
| Nom du conjoint | |
| Adresse du domicile du défunt | 863 RACHEL EST |
| Nom de la municipalité | MONTRÉAL |
| Comté | |
| Province | QUÉBEC |
| Pays | CANADA |
| Code postal | H2J 2H9 |
| Prénom de la mère | GISÈLE |
| Nom de la mère à la naissance | TREMBLAY |
| Prénom du père | ALFRED |
| Nom du père | FORTIN |
| LIEU DU DÉCÈS | X DÉTERMINÉ |
| NOM DU LIEU : | DOMICILE |
| N° civique - Nom de la rue | 863 RACHEL EST |
| Nom de la municipalité | MONTRÉAL |
| DATE DU DÉCÈS | X DÉTERMINÉE — 2000 05 08 |
| HEURE DU DÉCÈS | X INDÉTERMINÉE |

### Causes du décès.

**Choc hypovolémique par hémorragie externe et interne.**

### Exposé des causes.

André Fortin décède à Montréal le 8 mai 2000 par autodestruction. ▬▬▬▬▬▬▬▬▬▬▬▬▬▬▬▬▬▬▬▬▬▬▬▬▬▬▬▬▬▬▬▬

Le dossier d'une entrevue avec un psychologue, le 8 mai 2000, révèle des troubles de l'adaptation avec à la fois anxiété et humeur dépressive. De plus, il y a mention d'antécédents dépressifs et de présence d'un risque suicidaire moyennement élevé mais sans plan précis.

### Autres rapports.

Les analyses toxicologiques ne révèlent aucune présence d'alcool ou de drogues dans les milieux biologiques.

### Exposé des circonstances.

André Fortin est auteur-compositeur-interprète. Il est décrit comme un homme d'une grande intensité, tant dans ses actes et ses émotions que dans sa quête de l'absolu. Ceci l'entraîne vers des épuisements psychiques. En amour, il s'attache fortement et rapidement, coup de foudre. La rupture est pour lui un échec. Il devient déprimé et sombre dans une crise de questionnement dévalorisante.

En 1999, André Fortin mets fin à une relation amoureuse qui dure depuis 6 ou 7 ans. Par la suite, sa vie sentimentale ne retrouve pas la même stabilité. Vers la fin d'avril et le début de mai 2000, les gens qui le côtoient le sentent déprimé: il pleure souvent. Il a des propos suicidaires à peine voilés. On lui conseille un psychologue. Le 8 mai 2000, il le rencontre. André Fortin est d'humeur dépressive et anxieuse. Il ne dort plus depuis deux jours. Il a des idées suicidaires, mais sans plan précis. Le psychologue se sent incapable de poser un diagnostic de dépression majeure sur la foi d'une seule visite. Il considère que le

# ÉPILOGUE

"ON A MARCHÉ DANS MONTRÉAL AVEC SOPHIE POUR LA SOUTENIR ET C'ÉTAIT IMPOSSIBLE DE NE PAS VOIR DÉDÉ. C'ÉTAIT PARTOUT : DANS LES JOURNAUX, À LA TÉLÉ...

LORSQU'ON A VU LES TÉMOIGNAGES DE GENS ANONYMES EN BAS DE L'APPARTEMENT DE LA RUE RACHEL, C'EST LÀ QU'ON A VU À QUEL POINT IL ÉTAIT IMPORTANT POUR TANT DE GENS."

ERIC JEAN, AMI

"DEUX DÉCENNIES APRÈS QU'IL NOUS A QUITTÉS, ON DIRAIT QUE L'HOMME, ANDRÉ, A TENDANCE À DISPARAÎTRE DERRIÈRE L'ICÔNE, DÉDÉ..."

HÉLÈNE FORTIN

"JE NE PLEURE PAS PARCE QU'IL ME MANQUE. MON DEUIL EST FAIT. DÉDÉ, JE SUIS ENCORE PROCHE DE LUI. IL VA TOUJOURS RESTER DANS MON CŒUR."

LISE RAYMOND
ATTACHÉE DE PRESSE DES COLOCS

SALUT MAMAN,

JE NE SAIS PAS ENCORE CE QUE C'EST QUE DE VIEILLIR. J'IMAGINE SEULEMENT CE QUE ÇA PEUT ÊTRE, MAIS J'AI UNE BONNE IMAGINATION. JE ME RENDS SURTOUT COMPTE QUE C'EST IMPOSSIBLE DE MENTIR À QUELQU'UN QUI SAIT TRÈS BIEN QUE SA JEUNESSE A VRAIMENT DISPARU. J'AI SOUVENT L'IMPRESSION DE TE COMPRENDRE. JE NE SAIS PAS SI JE VAIS ACCEPTER LE SORT DE LA VIE MIEUX QUE TOI. MAIS EN ATTENDANT, J'AI ENVIE DE TE PARLER ET DE T'AIDER UN PEU. C'EST PROBABLEMENT DE TOI QUE ME VIENT MA SENSIBILITÉ. C'EST UN CADEAU QUE TU M'AS FAIT. JE TE CROIS QUAND TU DIS QUE TU ES FATIGUÉE. C'EST T'ENTENDRE DIRE QUE TU N'AS ENVIE DE RIEN QUI ME FAIT DE LA PEINE. J'AIMERAIS TELLEMENT POUVOIR FAIRE QUELQUE CHOSE. JE ME SENS RAREMENT IMPUISSANT. MAIS LÀ, OUI.

J'AIMERAIS QUE MES CHANSONS SOIENT RECHANTÉES PAR LES GENS. J'AIMERAIS QU'ILS S'ACCOMPAGNENT À LA GUITARE DANS UN PARTY ET QU'Y S'FASSENT DU FUN.

PAM TSUIP PO PAN TSUIP PAN PO BOUIP PAN.

Dédé Fortin a inspiré de nombreux artistes, dont plusieurs collègues qui ont eu l'amabilité de prêter leurs œuvres pour publication dans ce livre.

- MARIO MALOUIN
- BADO
- PAUL BORDELEAU
- ANDRÉ-PHILIPPE CÔTÉ
- ERIC HENRY

Montréal, 17 mars 1996

À Madame Louise Harel

Bonjour,

je vous remercie de votre petit mot. Je ne savais pas qu'un groupe comme le nôtre puisse être digne de l'attention d'une élite du parlement.

Par contre, je me dois de nuancer quelque peu le discours qui se cache derrière mon geste.

Je ne vois pas du tout les "gens sur le B.S." comme vous les voyez. Je n'ai aucun préjugé envers eux. Je sais qu'ils sont pauvres. Je ne suppose pas non plus qu'ils aient perdu toute confiance.

Nul ne connaît l'univers de tout un chacun. Ni son bagage génétique, ni son passé familial, ni ses douleurs ni ses craintes. On ne peut pas faire comme si tout l'monde avait la même ambition et le même désir d'entrer dans le merveilleux monde de la production et de la compétition. Je conçois assez bien que quelqu'un désire vivre une vie tranquille et en paye le prix par sa pauvreté.

Le fait de figurer dans un vidéo-clip ne change pas miraculeusement la situation d'un assisté social. De toute façon, ce n'était pas mon intention.

Ma vraie motivation la voici: je déteste plus les riches que je n'aime les pauvres.

Mon plus grand plaisir était de faire payer un impôt déguisé à une multinationale. Vous devriez essayer, c'est une joie indescriptible. Avec la complicité des musiciens du groupe, j'ai pris le chèque de la multinationale, laquelle avait accepté de payer le clip entièrement, en faisant croire à un des dirigeants que le tournage nécessitait absolument cent quarante figurants; or on aurait très bien pu tourner avec cinquante figurants qu'on aurait payer cinquante dollars chacun.

Mais c'est cet irresponsable 140 X 100$ qui me faisait frémir, parce que je le voyais comme une taxe (à une multinationale par dessus le marché) qui irait directement dans les poches de moins nantis. J'ai presque joui à

**Gouvernement du Québec**

La ministre d'État de l'Emploi et de la Solidarité,
ministre responsable de la Condition féminine,
ministre de la Sécurité du revenu, de la Jeunesse, de la Famille
et de l'Action communautaire autonome

Québec, le 1er mars 1996

Monsieur Dédé Fortin
et les Colocs
a/s BMG Musique Québec
4073, rue St-Hubert
Montréal (Québec)
H2L 4A7

Je tiens à vous féliciter et à vous remercier chaleureusement pour l'initiative très constructive que vous avez eue de procéder à l'embauche de 140 prestataires de la sécurité du revenu pour agir à titre de figurants pour la réalisation du prochain *vidéoclip* des *Colocs*. C'est un beau geste de solidarité que de consacrer ainsi 72% du budget total de réalisation à permettre à ces personnes de réaliser peut-être un rêve ou, à tout le moins, de participer et d'avoir le sentiment de réellement contribuer à la création d'une oeuvre artistique.

Votre audace et votre générosité méritent d'être soulignées car au-delà du 100 $ (toujours le bienvenu, remarquez, quand on est sans le sou) c'est une dose de joie, de fierté, de dignité que vous injectez à des gens qui n'ont peut-être besoin que de cela pour reprendre espoir et confiance en eux.

Encore une fois bravo et bon succès!

*Louise Harel*

Louise Harel

425, rue Saint-Amable, 4ᵉ étage
Québec (Québec)   G1R 4Z1
Téléphone   : (418) 643-4810
Télécopieur : (418) 643-2802

770, rue Sherbrooke Ouest, 4ᵉ étage
Montréal (Québec)   H3A 1G1
Téléphone   : (514) 873-6182
Télécopieur : (514) 873-7049

Fondés en 1992, Les Impatients ont pour mission de venir en aide aux personnes ayant des problèmes de santé mentale par le biais de l'expression artistique. Les Impatients offrent des ateliers de création et favorisent les échanges avec la communauté par la diffusion des réalisations produites dans leurs ateliers. Plusieurs participants à ces ateliers de bande dessinée ont eu la générosité de créer des œuvres inspirées par Dédé Fortin.

GAËTANNE LUPIEN
MARIE-DIANE LEE
JONAS BRASS
SAMIR BOUKHERISSA
NORMAN RICKERT